Mano descobre
a confiança

Esta edição possui os mesmos textos ficcionais da edição anterior, publicada pela editora SENAC São Paulo.

Mano descobre a confiança
© Heloisa Prieto e Gilberto Dimenstein, 2001

Gerente editorial Claudia Morales
Editor Fabricio Waltrick
Editora assistente Thaíse Costa Macêdo
Diagramadora Thatiana Kalaes
Estagiária (texto) Raquel Nakasone
Estagiário (arte) Daniel Argento
Assessoria técnica Dr. Paulo V. Bloise
Preparadora Lilian Jenkino
Coordenadora de revisão Ivany Picasso Batista
Revisoras Cátia de Almeida, Eliana Pinheiro Bighetti e Ivone P. B. Groenitz
Projeto gráfico Silvia Ribeiro
Assistente de design Marilisa von Schmaedel
Coordenadora de arte Soraia Scarpa

CIP-BRASIL. CATALOGAÇÃO NA FONTE
SINDICATO NACIONAL DOS EDITORES DE LIVROS, RJ

P949m
2.ed.

Prieto, Heloisa, 1954-
    Mano descobre a confiança / Heloisa Prieto, Gilberto Dimenstein ; ilustrações Maria Eugênia. - 2.ed. - São Paulo : Ática, 2011.
    48p. : il. - (Mano : cidadão-aprendiz)

    ISBN 978-85-08-14679-6

    1. Morte - Literatura infantojuvenil. 2. Luto - Literatura infantojuvenil. 3. Literatura infantojuvenill. 4. Literatura infantojuvenil brasileira. I. Dimenstein, Gilberto, 1956-. II. Eugênia, Maria, 1963-. III. Título. IV. Série.

11-2171.   CDD: 028.5
                                      CDU: 087.5

ISBN 978 85 08 14679 6
Código da obra CL 737974
CAE: 264750

2018
2ª edição | 3ª impressão
Impressão e acabamento:Gráfica Bueno Teixeira

Todos os direitos reservados pela Editora Ática, 2011
Avenida das Nações Unidas, 7221 – CEP 05425-902 – São Paulo, SP
Atendimento ao cliente: 4003-3061 – atendimento@aticascipione.com.br
www.aticascipione.com.br

IMPORTANTE: Ao comprar um livro, você remunera e reconhece o trabalho do autor e o de muitos outros profissionais envolvidos na produção editorial e na comercialização das obras: editores, revisores, diagramadores, ilustradores, gráficos, divulgadores, distribuidores, livreiros, entre outros. Ajude-nos a combater a cópia ilegal! Ela gera desemprego, prejudica a difusão da cultura e encarece os livros que você compra.

Mano descobre
a confiança

Heloisa Prieto
Gilberto Dimenstein

Ilustrações: Maria Eugênia

editora ática

Segunda-feira, 19 horas.
São Paulo.
Trânsito parado na rua da Consolação.
Cara, se tem uma coisa que eu detesto é trânsito.
Mas pior que trânsito é ficar dentro do carro com um avô totalmente irado, alucinado, chutando o balde, aos berros, na direção.

— *Eu vou jogar uma bomba nesse sinal quebrado! Onde já se viu? Eu vou processar o prefeito! Mano, me dê aí o celular. Quero ligar pro jornal e fazer uma denúncia!*

Enquanto eu enrolava, dizendo que o celular estava sem crédito, meu avô bufava, dava murros na direção, aumentava o som do rádio, acelerava e xingava — tudo ao mesmo tempo. No banco de trás, Oscar, meu melhor amigo, enfiou o boné na cabeça, fechou os olhos, ligou o MP3 *player*, piscou pra mim e fez sinal pra que eu fizesse a mesma coisa.

De repente, uma picape atravessa o sinal vermelho, faz um cavalo de pau no meio daquele trânsito todo, avança em direção ao nosso carro, tira uma fina e fecha a passagem de meio mundo.

— *Ah, mas eu vou acabar com esse maluco barbeiro! Acabo mesmo! Juro por tudo quanto é sagrado, quer dizer, por tudo em que eu nem mesmo acredito, mas que eu dou uma lição nesse metido, ah, eu dou mesmo!*

— O que é isso, vô? Para de gritar! Não tá vendo que tem um pit-bull no carro desses caras?

— É, seu Hermano, é melhor o senhor parar de buzinar. Olha só que o motorista é um desses gigantes de academia. Olha lá o músculo do cara, olha lá a tatuagem! Tô achando que a gente pode se dar mal!

Mesmo já bem doente, meu avô era sempre assim: bastava entrar no carro pra baixar um Hulk nele. Até mesmo nessa última noite juntos, foi do jeito de sempre: trânsito parado, meu avô buzinando feito um louco, gritando metade em português, metade em espanhol, 77 anos de ira engarrafada.

– *Moleque sem educação! Pode soltar esse seu cachorrão que eu faço picadinho dele!!!*

Meu avô gritava e metia a mão na buzina. O Oscar devorou o pacote de batatinha frita num minuto e já começava a abrir o segundo pacote quando o amigo grandão do cara com pit-bull olhou pra mim e gritou:

– *Prende o velho louco na coleira, meu!*

Meu avô abriu a porta do carro.

– *Ah, é? O velho aqui tá louco é pra te dar uma lição!*

– *Vô, o senhor pirou? Os caras vão te surrar!*

Meu avô virou o corpo para sair do carro.

Os caras da frente abriram a porta e soltaram o pit-bull.

O Oscar agarrou na camisa do meu avô pra prendê-lo sentado, enquanto eu fechava rapidinho a porta, a buzina estourava, o cachorro latia sem parar, a boca aberta babando na janela do nosso carro. O dono do pit-bull aumentou o som da picape, bate-estaca no meio da avenida. Olhei pro lado: carro de polícia chegando. Ai, caramba, vão achar que meu avô é um velho demente! Sirene de ambulância, sirene de polícia, trânsito, muito trânsito, umas garotas rindo da gente no carro de trás. Acenei pra elas pelo retrovisor e ri um pouco pra aliviar, mas bom mesmo foi quando abriu o sinal, meu avô acelerou, a gente conseguiu escapar até aterrizar no bairro do Bixiga, onde toda a turma do VG ia se reunir pra comer uma boa macarronada.

Promessa de Houdini

VG significa Vovôs Grafiteiros.

No começo do movimento, o grupo era formado por meu avô e seus amigos pintores. Tinha o Lúcio, que pintava no estilo do **Miró** e que ficou amigo do meu avô quando foi preso com ele na ditadura; tinha a Fátima, que pintava mais do jeito da **Tarsila do Amaral** e que também passou pela prisão com os dois; mais um senhor francês, bem maluco, sempre de boininha, e um outro espanhol irado de bigode comprido, tipo **Salvador Dalí**. Mas logo a galera da rua foi se unindo aos vovôs e formando uma rede grande de grafiteiros, que sempre assinavam VG, mesmo aqueles que tinham 18 anos, como eu.

Quando os VG já tinham mais de quarenta pintores, meu avô resolveu transformar tudo numa ONG. Meu irmão Pedro e a namorada dele, a Anna, são os líderes do VG. Hoje em dia estão tão famosos que vieram artistas de Nova York pra conhecer o trabalho deles. A ONG fica num galpão, perto de um beco, no bairro da Vila Madalena, e eles dão aulas de pintura e história da arte pra quem quiser aprender. Aparece de tudo por lá: crianças pequenas, velhinhos aposentados, artistas alternativos, gente que está passando, faz só uma pintura e nunca mais volta, gente que vem lá da Praça da República pra aprender novas técnicas. É muito legal. Sempre que eu posso, ajudo também.

Naquela noite de segunda-feira, Oscar e eu sentamos ao lado do meu avô na mesa comprida, coberta com toalha xadrez, pra encher a cara de capelete, que eu adoro.

O jantar era pra comemorar, porque meu avô tinha sido hospitalizado e agora já estava em casa de novo. Ele sofria de câncer, e o médico implorava pra que ele fizesse repouso. Impossível. Repouso era palavra proibida pro meu avô.

— *Que bom vê-lo tão alegre, Hermano* — disse a Fátima logo que meu avô se sentou à mesa.

— *Descanso é pra quem já tá no cemitério, minha querida* — respondeu o meu avô, enchendo o copo da Fátima de vinho.

— *O que é isso, Hermano? Você nunca gostou de piada de cemitério* — comentou o Lúcio.

— *Melhor ir me acostumando, porque daqui a pouco meu endereço será lá!*

— *Sempre cínico, sempre cético* — disse a Fátima, rindo.

Foi nessa hora que, do nada, meu avô me perguntou, na lata:

— *Mano, você acredita em vida após a morte?*

— *Sei lá, vô! Nunca parei muito pra pensar nisso!*

A mesa inteira foi ficando quieta pra ouvir a nossa conversa.

— *Eu, Hermano Santiago, jornalista, espanhol radicado no Brasil, pintor e pacifista, acredito, como o grande escritor* **Hemingway**, *que a morte valoriza a vida.*

— Como assim, vô?

— Pense, Mano. Eu, Hermano Santiago, só existirei assim agora. Se for pra nascer de novo, como dizem os esotéricos que a sua mãe curte tanto, com outra cara, outro jeito, aí não serei mais eu. Pra quê, então? Pra que voltar pra essa terrinha maluca?

— E na alma, vô, você acredita?

— Eu não sei nada de alma. Eu só acredito mesmo é em humildade.

— Não entendi.

— Pra que ficar pensando no além, meu neto? Já basta o aqui, o agora. Nem a vida presente a gente consegue resolver, né? Eu também acredito em responsabilidade. Esse negócio de ficar dizendo "eu sou chatinho porque tenho trauma de vida passada", "eu sou esnobe porque fui uma grande rainha no Antigo Egito" é tudo bobagem. Mano, meu neto, quando ouço esse papo-furado, me dá até vontade de esquecer que sou um pacifista e sair dando palmadas.

Eu ri muito.

Minha mãe chegou ao restaurante e pegou a conversa no meio.

— Papai, o senhor por acaso está enchendo a cabeça do meu filho com sua vã filosofia materialista?

— Materialista, não, Camila: realista.

— Mas, vô – insisti –, eu quero que exista vida após a morte.

— Pra quê, meu **Gandhi** Pimentinha?

Era assim que o meu avô me chamava: Mano Gandhi Pimentinha.

— Eu quero que a vida continue, porque assim eu sempre estarei perto de você.

Meu avô ficou emocionado. Me abraçou com carinho. E meu coração apertou. Mas o seu Hermano Santiago nunca deixava a peteca cair. Ele disfarçou e continuou:

— Escute bem, meu neto. Vou fazer uma promessa de **Houdini** pra você.

— Houdini?

Depois, ele disse bem alto:

— Atenção, pessoal, ouçam bem a promessa que vou fazer pro meu neto!

Todo mundo fez silêncio e meu avô continuou:

— Vocês se lembram do mágico Houdini? O maior de todos os tempos?

— Claro que sim, Hermano – disse o Lúcio.

— Pois bem, pessoal, todo mundo acreditava que ele tinha poderes extrassensoriais. Mas era tudo falso. Na verdade, ele era cheio dos truques e era cético como eu, descrente em coisa sobrenatural. Na década de 1920, quando ele viveu, havia muitos charlatões, e os escritores se dividiam entre os que acreditavam no além, e até pertenciam a sociedades secretas, e os que duvidavam de tudo e de todos. Bom, Mano, você deve conhecer um grande amigo do Houdini. Ele se chamava **Conan Doyle**.

— Não acredito, vô! O criador do **Sherlock Holmes**?

— É isso aí. Ele dizia a Houdini que os poderes paranormais eram reais e que o próprio mágico os tinha e os negava, já pensou?

— E daí?

— E daí que o Houdini resolveu provar que magia era uma grande besteira e passou um tempão trabalhando com a polícia britânica e desmascarando tudo quanto é vidente. Depois escreveu um livro sobre o assunto, *Um mágico entre os espíritos*. Eu posso te emprestar, se você quiser.

— Legal, deve ser muito engraçado.

— Bom, lá pelas tantas, Houdini foi ficando meio louco e inventando umas mágicas muito perigosas, como ficar acorrentado num poço d'água e tentar libertar-se sozinho.

— Tipo uma trip *adrenalina*?

— É, mais ou menos. E os amigos ficaram com medo, é claro. Então, o Houdini fez um pacto com eles: prometeu que, se o além existisse e ele estivesse vivo após a morte, daria um jeito de voltar como fantasma e cumprimentá-los. Já pensou?

— E ele voltou?

— Não que eu saiba, meu neto. Mas eu te prometo a mesma coisa. Se eu morrer e o além existir, juro que volto pra te ver na hora em que você estiver mais necessitado de ajuda. Promessa de avô.

— O que é isso, Hermano! Bicho ruim vive muito! Você ainda vai durar um tempão! — gritou o Lúcio.

E a Fátima, que estava com os olhos molhados, levantou um copo e pediu um brinde:

— *Vida longa ao nosso querido Hermano!*

Mas o vovô só sorriu e disse assim:

— *Que eu sempre fique vivo no coração de vocês!*

8

Pouco tempo depois, meu avô teve que voltar pro hospital. Eu me lembro muito bem da última vez que o vi. Quando entrei no quarto, ele falava baixinho com a Fátima, como se estivesse lhe dando instruções. Assim que cheguei, eles interromperam a conversa. Não estranhei, porque era sempre assim. Fátima e meu avô viviam cheios de segredos, e muitas vezes eu imaginei que eles tivessem um romance secreto, não sei explicar o porquê. Só sei que meu avô me chamou pra perto da cama, me abraçou forte e disse assim:

— Mano Gandhi Pimentinha, eu tenho muito orgulho de você! Quero que você me faça uma única promessa.

— Como assim?

— Mesmo que você cresça, mude de jeito, de casa, de profissão, nunca mude a sua essência.

— Essência?

— É. Esta água profunda que todo mundo traz no fundo. Ela não pode ser contaminada, poluída, envenenada. Se um dia você olhar pro espelho e sentir vergonha de sua cara, aí, meu neto, lembre-se de mim. É melhor quebrar o espelho, encontrar um antídoto pro veneno. Quanto mais profunda a água, mais tranquila é a superfície. Tenha cuidado com os vampiros da vida. Eles são reais. Eles não têm nada de paranormal. É só gente vazia mesmo. Mas, se bobear, eles te enrolam e te prendem. Para sempre.

Eu nem sabia o que responder. Meu avô nunca tinha falado assim comigo. Era sempre na base da ira ou do bom humor e da piada. Ou oito ou oitenta. Conversa séria, nem pensar. Por isso mesmo, nunca consegui me esquecer desse conselho. E precisei muito dele, bem mais cedo do que eu imaginava.

No more tears

Na hora do enterro do meu avô, no cemitério, eu ficava só lembrando de uma música do **Ozzy Osbourne** que diz assim: *no more tears, no more tears,* "chega de lágrimas". Eu não sei por que eu pensava nessa música, porque nenhuma lágrima tinha passado pelo meu olho.

Eu ficava vendo as pessoas. Tanta gente! Jornalistas, grafiteiros, amigos do bairro, amigos da minha escola, meus amigos, os amigos do meu irmão, os artistas da Praça da República, os garçons da cantina que ele preferia, até gente da tevê apareceu pra filmar. Eu sabia que meu avô tinha sido importante, mas não tanto.

Minha mãe chorava sem parar, e o namorado dela, o Caetano, que é um cara muito legal, ficava abraçando e consolando, junto com minha irmã Natália e meu irmão Pedro. Minhas tias espanholas gritavam, em vez de chorar, e rezavam o terço bem alto.

E eu só sentia um frio e um vazio. Eu olhava pras tias e lembrava das broncas que meu avô dava nelas. Ele era irado com a mania de reza. Mas agora era só silêncio. Meu estômago doía, vazio, mas eu não tinha vontade nenhuma de comer. Eu só conseguia ficar reparando nos detalhes do caixão, ouvindo as palavras do padre. Minha mãe quis um padre pra falar no enterro, mesmo que meu avô não fosse do tipo de ir à igreja. Mas, como ele ajudava nas obras sociais, tinha ficado amigo dos irmãos franciscanos. E as palavras dele foram bem legais.

De repente, lembrei de um livro que meu avô tinha me dado pra ler: ***O estrangeiro***. Na história, o cara perde a mãe e não chora na hora do enterro. Fica frio e vazio. Do mesmo jeito que eu estava.

O frio e o vazio aumentaram muito quando o enterro terminou e todo mundo foi indo embora. Minha mãe veio me chamar, mas me deu uma coisa louca. Meus pés criaram raízes no chão. Foi muito bizarro. Eu finquei na terra. Terra de cemitério. Não queria voltar pra casa de jeito nenhum. Meu irmão ficou bravo. Mas minha mãe, que é psicóloga, mandou ele ficar quieto.

– *O Mano precisa fazer seu luto* – ela explicou para o Pedro, que não entendeu nada. Depois, ela me disse: – *Mano, você volta pra casa de táxi?*

Eu fiz que sim com a cabeça, e ela me deu um dinheiro, o celular, e pediu que eu não demorasse muito.

Depois que todo mundo saiu, eu olhei pro túmulo, pro nome do meu avô na lápide, e aí eu comecei a soluçar que não parava mais. Doía muito. Eu sempre detestei chorar. Caí ajoelhado. Enfiei a cabeça no joelho. Meu corpo balançava. Meu avô tinha sido meu melhor amigo. Meu pai sempre viveu longe de casa. Minha mãe me adora, mas tem um jeito muito diferente do meu. Foi meu avô quem sempre conversou comigo. Me dava livros. Me levava no cinema. Me dava bronca. Me dava colo também. Mesmo com toda a sua braveza. E agora? Vazio. Frio. Muito frio. Comecei a tremer.

– Ei, você, quer um casaco?
Custei a entender que alguém tocava o meu ombro.
– Eu tenho um casaco extra, quer?
Voz de garota.
Senti vergonha.
Depois senti um casaco sendo colocado nas minhas costas.
E a voz disse assim:

E o corvo na noite infinda, está ainda, está ainda
no alvo busto de Atena que há por sobre os meus umbrais.
Seu olhar tem a medonha dor de um demônio que sonha,
e a luz lança-lhe a tristonha sombra no chão mais e mais
e a minh'alma dessa sombra que no chão há mais e mais
libertar-se-á... nunca mais.

Virei a cabeça.
A garota era linda. Cabelo comprido. Rabo de cavalo com fita colorida. Mas a roupa era preta. Dentes brancos. Um sorriso. Um carinho diferente. Olho grande. Fundo.
– Gostou do poema?
– Gostei.
– É do **Edgar Allan Poe**, traduzido pelo grande poeta português, o **Fernando Pessoa**.
– Meu avô também gostava de poesia.
– O enterro é do seu avô?
– É, sim.
– E você quis ficar assim, sozinho?
– É.
– Então chega de lágrimas, cara. No more tears...
– Nossa, eu lembrei dessa música.
– É mesmo? Telepatia.
Consegui levantar. Ela pegou meu braço.
– Eu sou a Débora. Mas você pode me chamar de Debie. É meu apelido.
– Legal. Eu sou o Mano.
– Bom, Mano, eu moro aqui perto. Venha pra minha casa que eu te preparo um chocolate quente.
– Mas a gente nem se conhece!
– Então, chegou a hora de se conhecer...

Chocolate quente

A casa da Debie ficava no Pacaembu, um bairro pertinho mesmo do cemitério. A rua era tão bonita, cheia de árvores, e, quando a gente entrou, um cachorro collie veio nos cumprimentar.

– *Ele é tranquilo, nem se preocupe* – ela foi me dizendo.

No caminho, a Debie me contou que era filha de uma tradutora de livros, que a mãe dela nasceu em Porto Alegre, mas mudou pra São Paulo depois do casamento. Agora, os pais dela tinham se separado, porque a mãe tinha recebido uma casinha de herança, numa cidade pequena da Inglaterra, e queria morar um tempo por lá. O pai não gostou da decisão, queria que a mãe ficasse. Por este e outros problemas na hora de resolver os assuntos da família, acabaram se separando, e agora a Débora precisava resolver se ficava no Brasil ou mudava pra Europa com a mãe.

Quando entrei na casa e vi a biblioteca da mãe dela, enorme, senti uma saudade tão grande do meu avô!

As lágrimas subiram até o meu olho.

Me deu vergonha.

Senti o cheiro do chocolate quente na cozinha.

Meu estômago embrulhou.

Fugi correndo, tão rápido que quase voei sobre o cachorro que estava quietinho, parado no caminho.

O mistério do Sombra

Na cozinha, a Shirley, que trabalha há anos lá em casa, também estava esquentando leite.
– Mano, vem tomar um gole de café com leite quente.
– Eu não quero nada, Shirley.
– Mas vai ter que tomar.
– Por quê?
– Porque eu estou mandando tomar. É simples.
Bem, com a Shirley é impossível discutir.
Sentei no banquinho e fiquei esperando o café. Nisso, chegam minha mãe e o Pedro.
– Mano, você reparou que o Sombra estava no enterro?
Meu susto foi tão grande que derrubei o café com leite inteirinho na mesa.
Cara, o Sombra é o do mal de todos os tempos. Quer dizer, se existe alguém ruim na face da Terra, esse cara é o Sombra. Foi por causa dele que meu irmão se envolveu com gente da pesada e quase morreu. Eu odeio o Sombra. Não sou de odiar nada, nem ninguém, mas o Sombra, metido, mentiroso, horrível, eu odeio, sim.
– Mãe, o que o Sombra queria? Ver a gente sofrendo por causa da morte do meu avô?
– Bem, meu filho, este é o mistério. Ele estava de óculos escuros.
– E daí?
– E daí que eu tive a impressão de que tinha um fio de lágrima escorrendo pelo rosto dele.
– Impossível! – gritou a Shirley. – Só se o cara chorasse de tanta alegria.
– Credo, Shirley – disse minha mãe. – Vai ver ele está melhorando.
– Camila, não vem com as suas psicologias, não. Pau que nasce torto morre torto, não dá outra.
– Shirley, pare de ser pessimista! Se eu pensar assim, pra que é que eu vou exercer minha profissão de psicóloga? Eu acredito na cura, sim.
– Mãe, se o vovô estivesse aqui, ele ia dizer que você é uma romântica.
– Mano, se o seu avô estivesse aqui, ele ia ter que me explicar direitinho por que o Sombra foi parar ali, no enterro dele, de cabeça baixa, roupa preta, óculos escuros e lágrimas que eu vi.
– Viu nada – disse o Pedro. – Você viajou total.
– Mas que o Sombra estava lá, isso todo mundo viu. É ou não é?
– Que mistério estranho, né, Camila? Como é mesmo aquela frase famosa? Existe mais mistério entre o céu e a terra do que sonha a nossa estúpida filosofia?
– É vã, o certo é vã filosofia.
– Vã é uma palavra metida. O cara, o **Shakespeare**, não era inglês? Na minha tradução, o certo é dizer estúpida mesmo.

Tradução...

Na hora me lembrei da mãe da Debie.

Devo ter feito uma cara esquisita, porque minha mãe logo foi perguntando:

— *Mano, por que você demorou tanto pra voltar pra casa? Cadê seu celular?*

— *Tá aqui!* — eu disse, enfiando a mão no bolso. Mas o celular não estava no bolso. Tinha sumido. Será que ele tinha caído quando eu saí correndo?

— *Mano, vai dizer que você perdeu o celular...*

— *Não, mãe, quer dizer, acho que esqueci com o Oscar.*

— *Mas eu não vi o Oscar no enterro. Onde ele estava, por sinal?*

O Oscar, que é meu melhor amigo, tinha ficado em casa com febre. Ele sempre tem febre quando fica chateado com alguma coisa, e ele adorava meu avô.

— *Então você saiu do cemitério e foi pro Oscar?*

— *É, mãe. Pode deixar que amanhã eu vou buscar o celular na casa dele.*

— *Tudo bem!* — ela respondeu.

Mas era tipo tudo mal. Eu tinha sido um estúpido. Tinha saído correndo da casa da Debie, que tinha sido tão legal comigo, e largado a garota com duas xícaras de chocolate quente. Eu tinha bancado o imbecil, e agora ia precisar ligar pro celular, passar na casa dela de novo e pedir desculpas. E eu, que detesto pedir desculpas, ia ter que explicar pra ela que eu detesto chorar e detesto que alguém me veja chorando, e que sempre fujo de quem me vê chorando. Eu tinha fugido e agora precisava voltar.

Mano@

Oi, Oscar, vc já melhorou da febre? Cara, eu conheci uma garota hoje. No cemitério. Você acredita? Eu estava chorando feito um idiota. Ela me deu um casaco. Ela é linda. Legal. Me levou pra casa dela. Ia me dar chocolate quente. Mas eu fugi. Você pode entender como sou imbecil?

Oscar@
Você não é imbecil, cara, só estava chateado. Que hora estranha de conhecer uma garota. Esquisito.

Mano@
Esquisito foi ela adivinhar até a música que eu tinha na cabeça.

Oscar@
Será que ela veio do além?

Mano@
Pirou? Ela é bem de carne e osso, tem endereço e meu celular ficou na casa dela.

Oscar@
Então liga pra ela, cara, tá esperando o quê?

Mano@
Nada, tô esperando ter coragem.

Oscar@
Reza pro teu avô te dar um pouco da coragem, que ele tinha de sobra.

Mano@
Meu avô detestava reza.

Oscar@
Reza pra sua avó, ela gostava de igreja. Mas, antes da reza, liga, ok? Agora vou comer que a febre me deu ainda mais fome do que o normal.

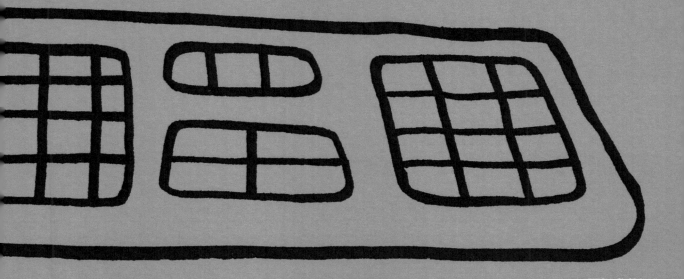

Quando entrei na casa da Debie e vi as estantes, lembrei de novo do meu avô, mas lembrei também da Carolina, minha melhor amiga, que também adora ler.

– *Desta vez vai rolar um chocolate quente ou você prefere comer só uma barra de chocolate?* – a Debie me perguntou, dando risada.

– *Chocolate quente é bom demais.*

– *Então, venha comigo até a cozinha, porque eu tenho medo de você sair correndo de novo.*

Na cozinha, vendo a Debie preparar o leite e derreter a barra de chocolate, o frio parece que diminuiu dentro de mim. Sentei na cadeira e fiquei brincando com a colherinha de açúcar. Vi que ela me olhou de lado e, de repente, tipo do nada, perguntou:

– *Você já está melhor?*

E eu, que sempre detestei responder esse tipo de pergunta, esqueci que estava ali com uma garota que eu mal conhecia, e não com o meu avô, o único que me ouvia de verdade, e quando vi já tinha disparado e falava sem parar:

– *Eu sinto muita falta do meu avô. Minha mãe é psicóloga. Ela acha que preciso me abrir, mas eu sempre detestei esse negócio de falar das emoções.*

– *Por quê?*

– *Sei lá. Acho que, se eu tô feliz, melhor guardar. Falar muito da felicidade parece que dá azar. Quando eu tô triste, quero ficar quieto, olhando pro teto.*

– *Então hoje você não está feliz nem triste, senão ficava quieto.*

– *Caramba, você adivinhou. É isso mesmo.*

– *Isso o quê?*

– *Nem triste, nem feliz.*

– *Tipo como se você estivesse num limbo...*

– *É... Debie, você é psicóloga por acaso?*

– *Na minha idade? Você já viu psicóloga de 18 anos?*

– *Então você já fez muita terapia, né? Você está falando que nem minha mãe.*

– *Eu já fiz, sim, mas sei como você se sente porque eu já fiquei assim.*

– *Seu avô também morreu?*

– *Não foi o meu avô. Mano, você já ficou com uma garota?*

Eu achei esquisita a pergunta, era de outro assunto diferente, mas era melhor responder. O chocolate estava bem quentinho, a cozinha era boa de ficar, me deu vontade de falar:

– *Fiquei algumas vezes, sim.*

– *Ficou apaixonado?*

– *Mais ou menos.*

– *Então, não ficou.*

– *Bem, eu tinha uma amiga que eu curtia. O nome dela era Carolina. Ela adorava ler. A casa dela também era cheia de estantes.*

– *E vocês ficaram?*

— É, ficamos.

— E foi legal?

— Foi muito legal. Mas depois ela teve de ir embora. Os pais dela moram na França. A gente se escreve. Ela já arranjou um namorado francês.

— E você teve ciúmes?

— Um pouco, né? Mas eu gostava mais dela como amiga. Quer dizer, eu quero que a Carol se dê bem, que fique feliz.

— Mano, você é um cara legal, sabia?

— Meu avô dizia isso.

— Como se chamava seu avô?

— Hermano. Ele era espanhol.

Pronto. Por que ela tinha perguntado justo do meu avô? Me deu branco. Frio. Silêncio.

— Mano, venha pro meu quarto. Quero te mostrar meus CDs.

O quarto da Debie era diferente dos quartos das minhas amigas. Era cheio de desenhos grandes, bonitos e muito tristes: sempre canetinha prateada sobre páginas pretas.

— Viu só como sou uma louca obcecada? Eu fico horas e horas fazendo desenhos parecidos.

— Mas você também gosta muito de poesia, né?

Ela riu.

— Gosto, sim. Principalmente dos góticos. Como o poema que eu te disse outro dia, **"O corvo"**. O Edgar Allan Poe dizia que a maior dor que existe é a perda da pessoa amada. O que você acha?

De repente, ela colocou um som diferente. Um rock francês.

— Ouça só que legal. É **Martin Circus**, uma banda de Paris. Sua amiga deve conhecer. Posso te emprestar, se você quiser.

E o som era muito bom mesmo, mas me deu saudades da Carolina. Depois me deu saudades do meu avô, depois da minha avó, que também já morreu. De repente, eu estava com saudades até do Oscar, que devia estar em casa se entupindo de sorvete. E o gosto do chocolate quente foi embora e o frio já estava começando a voltar, quando a Debie me pegou pelas costas e me jogou deitado na cama. Depois virou o meu rosto e me deu um beijo muito comprido e fundo. Daí foi tirando a minha malha, depois a minha camiseta e me beijando de novo daquele jeito bem devagar, e eu não tive que dizer a verdade. É porque eu tinha mentido, claro. Ficar com a Carol eu fiquei, mas só até um pedaço. Eu não ia dizer pra ela que nunca tinha ficado pra valer mesmo com ninguém. Ela desabotoou o meu cinto, tirou toda a minha roupa e empurrou meu corpo, pra que eu entrasse debaixo das cobertas.

— Assim você fica bem quentinho.

Ela foi dizendo que eu era muito legal e me beijando, mas nem precisava de coberta, porque meu corpo já estava pegando fogo e fazendo umas coisas diferentes, como se ele pensasse sozinho, e se mexendo como nunca tinha me acontecido antes.

Quando acordei e olhei o relógio, eram 5 horas da tarde. Caramba! Eu pensei que tinha passado muito tempo com a Debie, mas tinha sido só uma hora. Ela estava linda, dormindo ao meu lado. Eu quis passar a mão nos cabelos dela, mas minha mão ficou paralisada no ar. Eu quis dizer pra ela que, naquele momento, sentia uma coisa muito grande e forte, mas minha boca secou e a língua travou, e o pavor de pensar que ela ia acordar e me ver totalmente estúpido e abobalhado foi tão grande que pulei pra fora da cama, me vesti correndo, desci as escadas e atropelei o pobre do cachorro de novo antes de conseguir abrir o portão, respirar fundo e ir direto pra casa.

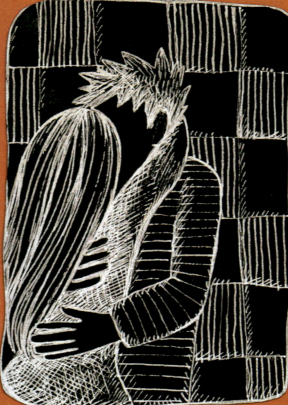

Morte e vida

— Eu não disse que ele não tinha jeito, mas de jeito nenhum mesmo?

Quando entrei em casa, a Shirley estava falando alto pra caramba, minha mãe estava meio emburrada, e o Pedro, ao lado da Anna, também falava sem parar, muito nervoso.

— Você estava errada, mãe. O Sombra continua o mesmo, quer dizer: uma praga do fundo do inferno!

— O que foi?

— Nós encontramos o Sombra numa festa e ele estava daquele jeito de sempre: bebendo, rindo, caçoando de todo mundo, um horror!

— Horror foi quando ele avançou pra cima de mim e foi querendo me agarrar — disse a Anna.

— Não acredito! — disse minha mãe.

— E eu não acreditei quando o Pedro tacou uma voadora no Sombra e ele foi parar em cima da mesa, quebrou um monte de louça, depois voltou e deu um chute no Pedro. Os dois se atracaram e alguém chamou o segurança, e quase que chamam a polícia também!

Minha mãe balançava a cabeça e repetia:

— Não é possível, não é possível...

— Tá vendo como eu tinha razão, Camila? Eu não disse que bicho ruim morre ruim? E você ficou aí, defendendo o Sombra, dizendo que ele estava chorando por causa do seu Hermano, este, sim, alma boa, homem de coragem. Se todo mundo fosse igual...

— É mesmo... — eu disse. — O que será que o Sombra estava fazendo no enterro do meu avô? Eu não estou entendendo, se o cara continua o mesmo...

— Pode deixar que eu descubro nas cartas! — gritou a Natália, que até então tinha ficado calada. E foi correndo pro quarto buscar seu baralho de tarô.

Minha irmã caçula sempre foi assim.

Desde pequena tinha mania de coisas sobrenaturais. Gostava de brincar de cartomante. No começo, pegava o baralhinho de mico e ficava tirando a sorte da gente. Se saísse um porco, era porque eu tinha que tomar banho; se saísse um galo empinado, era porque eu estava o maior metido; e se saísse o mico... bom, daí já viu, né? Não dava outra, era mico na certa.

Depois, minha mãe acabou dando pra Natália um tarô bem bonito, francês, com desenhos antigos, e eu, que tinha medo de tirar a carta do mico, agora ficava com medo de tirar a carta da morte, que eu sempre detestei, com aquela caveira e a foice horríveis.

– Vai, Mano, hoje é você.

– Tá louca, pirralha? Já chega nos tempos do mico.

– Tá com medo, tá com medo! Olha aí, pessoal, meu irmão tem medo do futuro...

– Vai, tudo bem, pode tirar.

A Natália embaralhou à beça e depois mandou que eu escolhesse três cartas. Respirei fundo e tirei. Eu não estava gostando nada daquilo tudo, a conversa do Sombra, todo mundo discutindo, ler a sorte. Eu queria ficar no meu quarto ouvindo o CD do Martin Circus que a Debie tinha me emprestado. Debie... Ai, caramba, eu sumi de novo! Será que ela tinha ficado brava comigo?

– Mano!!! Acorda!!! – disse minha irmã. – Vamos abrir seu futuro.

Pronto.

Dancei logo na primeira carta: o louco, a figura de um palhaço quase despencando de um abismo.

– Pessoal, o Mano tá pirado. Aconteceu alguma coisa que você está escondendo da gente?

– Natália, para de falar besteira, meu.

A segunda carta foi melhor, mas deu a maior bandeira: os namorados.

– Mãe, o Mano está escondendo coisa. Olha só a carta!

Antes que minha mãe encanasse e me fizesse perguntas que eu não ia querer responder, fui logo virando a terceira carta. Agora eu já estava mais animado.

Aí eu me danei.

Pois não é que a terceira carta era mesmo a figurinha detestável da morte de foice, caveira e tudo?

– Mano! Tua cara ficou branca!

– Eu detesto essa carta!

– Não se preocupe, a morte também significa transformação.

— Mano, não acredite nela – disse a Shirley. — Morte é que nem mico. Eu não acredito em transformação coisa nenhuma. Olha só o Sombra.

— Shirley! Pare com esse seu fatalismo de novela, que coisa! – disse minha mãe.

— É, Mano! A morte é quando a gente se transforma. Só que é chato mudar, ninguém gosta, né?

Essa é a Natália. De vez em quando, diz coisas que fazem muito sentido. Com baralho de mico-preto, com baralho de tarô, sem baralho nenhum. Do nada.

— *Eu ainda não entendi o que o Sombra estava fazendo no enterro.*

E, no meio daquela falação toda, achei melhor ficar quieto. Eu não estava gostando mesmo. Mas, antes que eu saísse da sala, o telefone tocou, alguém me chamou, eu atendi: era a Debie. Nem sei como ela tinha conseguido me achar.

— Oi – eu disse, e parecia que uma mão apertava minha língua e eu não conseguia dizer mais nada.

— *Quer vir numa festa?* – ela perguntou.

— Quando?

— *Amanhã.*

— É seu aniversário?

— *Não! A festa é pra dar boas-vindas a um amigo que eu não via há muito tempo.*

— Legal, tô dentro.

Desliguei o telefone feliz, mas, quando dormi, sonhei com uma figura tétrica, um mico gigante, tipo um Godzilla, com um manto preto e uma foice na mão, que ficava me perseguindo por toda a cidade. Acordei suando, lavei o rosto, tomei um leite e fiquei torcendo pra que o sonho fosse só uma bobagem, tipo poeira velha que a Shirley às vezes varria e escondia debaixo do tapete.

Inferninho

Fui pra casa da Debie todo contente. Ela tinha sido muito legal comigo. Se não fosse a Debie, eu nem sei o que teria me acontecido. Eu estava tão triste, sentindo falta do meu avô! E, justo na hora que eu mais precisava, ela apareceu e foi tão carinhosa. Nunca garota alguma tinha sido assim comigo. Parecia mágica. Eu estava na calçada, do lado de fora da casa, e só de pensar que ela ia me dar um beijo, que a gente ia ouvir música juntos, que eu ia conhecer os amigos dela, que, eu tinha certeza, deviam ser tão legais quanto ela...

De repente, logo depois que toquei a campainha, me baixou um treco estranho, e a imagem do sonho do micão gigante, de foice e capa preta, voltou com uma força tão grande que quase esqueci onde eu estava ou o que tinha ido fazer naquela casa.

Mas estranho mesmo foi quando a porta se abriu e uma garota desceu a rampa pra me receber. Ela estava usando um casacão preto. A boca pintada de batom preto. As unhas também. O cabelo escorrido. Preto. Salto alto. Lenço vermelho no pescoço. Muita maquiagem no rosto. Patty Punk. A antiga namorada do Sombra. Por que raios uma garota baixo-astral total estava ali, na festa da minha Debie?

E a estranheza piorou muito quando a própria Debie apareceu atrás da Patty. Preto no olho, preto nas unhas, preto na boca. Uma parecia clone da outra. E se elas fossem irmãs? Que horror!

Nunca pensei que um dia fosse dar de cara com a Patty Punk de novo. Todo mundo me contou que ela tinha brigado com o Sombra. Mas, naquela hora, eu vi. Os dois juntos. Sem briga, nem nada.

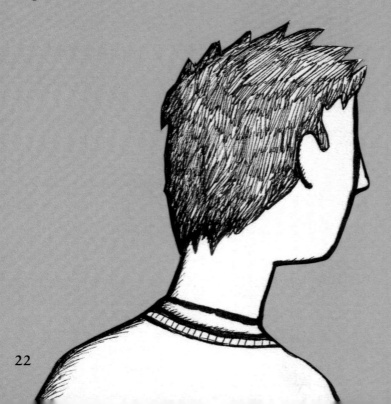

Entrei na sala.

Música alta.

Gente bebendo.

Gente se trancando no banheiro pra fazer sabe-se lá o quê.

A fumaça era tão grossa que dava o maior baixo-astral.

Um inferninho particular, como diria meu avô.

A Debie nem me olhou direito.

Perguntou se eu queria beber alguma coisa e me esnobou legal.

Senti aquilo como se fosse um soco no coração.

Meu, a garota tinha dupla personalidade!

Aquilo lá não era a minha Debie. Se a Shirley estivesse comigo, ia dizer que tinha baixado uma pombagira na menina.

Só sei que ela me largou plantado num canto da festa e saiu dançando com outros garotos, dois ao mesmo tempo, e o meu olho encheu de lágrima. Esfreguei os dois olhos pra fingir que não tinha água nenhuma. E a Debie beijava os dois garotos, um depois do outro, e alguém me perguntava se eu queria comer, outro alguém me perguntava se eu queria dançar, uma garota até perguntou meu nome, mas eu não ouvia direito o que as pessoas diziam. Eu só via bocas se mexendo, gente me empurrando, e eu ali, feito uma estátua, o coração disparado. O soco agora tinha descido pro estômago, e comecei a sentir muita tontura, de tanta gente, de tanta música e de tanta fumaça... Fiquei mole, acho que despenquei e quase caí sentado no chão, não fosse uma mão me segurar com força. Virei pra agradecer à mão, mas ela pertencia a ninguém mais, ninguém menos, que o próprio Sombra. Ali. Na minha frente, de carne e osso. O Diabo encarnado em gente.

Onde tudo começou

Depois, no sossego do meu quarto, enfiado debaixo das cobertas, eu ficava ouvindo a gargalhada do Sombra, que berrava assim: "Dê lembranças pro seu irmão e pra namoradinha dele!". Depois me lembrava das gargalhadas dos convidados quando tropecei, de novo, no cachorro parado no meio do caminho, e da própria Debie gritando, pedindo pra falar comigo, pedindo que eu voltasse, mas eu só conseguia pensar em fugir, me esconder e virar um poste ou quem sabe um bicho tipo avestruz.

Demorei um tempão pra adormecer, mas, quando consegui, tive o sonho mais estranho da minha vida:

Meu avô aparecia todo acorrentado, igualzinho ao Houdini. Alguém o colocava num tanque de água, de cabeça pra baixo. Aquilo me dava um nervoso horrível. Ele balançava a cabeça, olhava pra mim e me dizia telepaticamente:

"Mano, você precisa voltar para o lugar onde tudo começou".

Acordei bem assustado.

Fui até a cozinha beber um copo d'água.

Mas só caiu a primeira ficha na manhã seguinte, no meio da aula de física. É por isso que o Sombra estava no enterro. Não tinha nada a ver com o meu avô. Ele estava lá por causa da Debie.

Depois, caiu a segunda ficha.

O que será que a Debie estava fazendo por lá?

Eu tinha sido muito egoísta e bobo. Ou um cara autocentrado, como diria minha mãe. Eu só tinha falado dos meus problemas, sem nunca perguntar pra Debie por que ela estava num cemitério, no meio de uma tarde, quarta-feira, horário de escola.

E, quando a terceira ficha finalmente caiu, tudo fez mais sentido ainda: o lugar onde tudo começou. O cemitério. Era pra lá que eu tinha que ir. Só assim ia conseguir descobrir o mistério dessa história inteira. Mas, antes, eu precisava trocar uma ideia com o Oscar.

Mano@

Oscar, eu devia ter convidado vc pra ir comigo na festa da Debie. Eu paguei o maior mico de todos os tempos, um mico do tamanho de um Godzilla. Fui tão idiota que me dá vergonha de contar.

Oscar@

Vai, conta logo, cara.

Mano@

Oscar, na festa a Debie nem olhou pra minha cara. E sabe quem estava lá? O Sombra e a Patty Punk, a duplinha do mal. Eles são amigos dela, já pensou?

Oscar@

Eu sei que não estou na sua pele, mas até que foi bem emocionante. *Trash*. Mistura de terror com filminho sessão da tarde.

Mano@

Oscar, vc não leva nada a sério mesmo. Cara, passei mal pra caramba.

Oscar@

Mano, vc sabe se a Debie tem um blog?

Mano@

Eu não sei nada sobre a Debie, sou um idiota total. No fundo, tudo isso é culpa minha. Eu ficava fugindo de conversar com ela, sei lá por quê.

Oscar@

Se ela tivesse um blog, como se chamaria, vc pode imaginar?

Mano@

Eu sei que ela gosta dos **Strokes**, do Edgar Allan Poe, de punks e góticos.

Oscar@

Espera, Mano. Edgar Allan Poe é legal. Vamos levantar a biografia dele. Vai ver a gente encontra a chave do mistério.

Edgar Allan Poe
(1809-1849)

Tantos anos após sua morte, Edgar Allan Poe continua a ser um dos escritores mais populares de todos os tempos e lugares. Seus contos e poemas circulam em revistas, jornais, histórias em quadrinhos, tendo sido adaptados várias vezes para o cinema. Ao mesmo tempo, seu trabalho exerce profunda influência sobre escritores eruditos.

Talvez isso se deva ao fato de seus textos abordarem questões universais do ser humano: a passagem do tempo, os mistérios do sobrenatural, a perda da saúde mental.

Filho de atores itinerantes, Poe nasceu na cidade de Boston, em 1809. Órfão de mãe aos 2 anos de idade, Poe foi adotado pela família Allan, de muitas posses, e criado como filho único.

Joseph Allan, seu pai adotivo, trabalhava com exportações, e Poe teve a oportunidade de viver na Inglaterra e frequentar as melhores escolas.

Em setembro de 1835, Poe casou-se com sua prima, Virginia Clemm, e passou a trabalhar como editor. Porém, ela morreria precocemente, fato que jamais foi superado pelo escritor. O poema intitulado "O corvo", considerado sua obra-prima, fala justamente da maior dor de sua vida: a perda da mulher amada, a jovem Virginia, chamada Lenora no texto poético.

Mano@
E aí, cara? O tal do Poe sofreu à beça. Deu pra cair alguma ficha?

Oscar@
Deu sim. Que tal se a gente buscasse um blog de Lenora? Aposto que sua amiga usa esse nome como apelido na internet.

No More Tears

Serial Killer

Eu sou a pior pessoa pra se amar.

Eu detesto me apegar.

Eu detesto quando a gente fica

e depois a pessoa fica dentro da gente.

Daí eu já sei que me baixa a serial killer e eu saio detonando.

Eu destruo. Arrebento.

Enfio a faca no coração do outro.

E quando o outro sofre,

eu sofro mais ainda.

Serial Killer forever.

É impossível mudar.

Ninguém muda de verdade.

Pau que nasce torto...

E eu já nasci completamente enroscada.

Tipo aleijada mesmo.

Coração deformado.

Pessoas! Afastem-se de mim.

Ou sejam minhas inimigas,

para sempre!

Só assim eu fico em paz.

Bem de longe.

Para sempre,

no fundo do nunca mais.

(Lenora)

Oscar@
Ei, cara, tô achando que, se essa tal de Lenora for a sua amiga, ela tá bem pior do que você...

Mano@
Eu sonhei com meu avô. No sonho ele me dava uma dica pra entender esse negócio todo.

Oscar@
Lembra do que ele sempre te dizia, Mano?

Mano@
O quê?

Oscar@
Que ele ia voltar tipo um Houdini e te ajudar?

Mano@
Vc é gênio, depois te conto tudo.

No cemitério, ao lado do túmulo do meu avô, tinha uma outra lápide com uma inscrição assim:

Fiquei olhando muito pra foto do garoto na lápide.

Ele tinha uma cara muito legal. Bonita.

Pelo sobrenome, percebi que não devia ser parente da Debie. Ele não tinha nome de brasileiro.

Voltei pra perto do túmulo do meu avô.

"Ai, vô, como eu queria que você estivesse vivo, só pra conversar um pouco comigo. Será que esse tal de Jonas era namorado da Debie? Será que é por isso que ela detesta gostar de alguém?"

O vento soprou e eu me senti mal, parado ali, daquele jeito. Melhor voltar pro meu quarto. Nem que seja pra ficar que nem idiota, olhando pro teto.

Mas, quando entrei em casa, pra variar, tava todo mundo falando ao mesmo tempo.

— Eu sabia que ele ia aprontar maldade com alguém. Aposto que foi tudo culpa do Sombra. Aliás, não aposto. Eu afirmo mesmo, com todas as letras!

Era meu irmão Pedro, gritando e andando pela sala.

No sofá, a Shirley, falando um monte de coisa ao mesmo tempo, minha mãe, com o rosto preocupado, e a Anna, que colocou um fim na discussão, dizendo:

— Pois eu tenho muita pena dela, se vocês querem saber.

O comentário da Anna fez todo mundo ficar quieto e eu fiquei curioso.

— Pena de quem?
— Da Patty Punk.
— Por quê?
— Ela quase morreu, ontem.
— Do quê?
— De tanta bebida. Numa festa. Está no hospital.

Mano@
Oscar, tô superpreocupado com a Debie. Tô achando que ela está mal.

Oscar@
Por quê?

Mano@
A Patty Punk passou mal de tanto beber numa festa, e elas são amigas, né?

Oscar@
Eu, caro Mano, se fosse você, esquecia essa sua timidez idiota e aparecia na casa da Debie.

Na casa da Debie, a empregada foi logo me dizendo que ela tinha saído. Mas, quando olhei pra janela do quarto dela, a luz estava acesa. Eu sabia que era mentira.

Engraçado...

No final, a Debie era igualzinha a mim.

Na hora de sofrer, preferia ficar sozinha, olhando pro teto.

Mas eu queria tanto ajudar...

Ela tinha me dado muito carinho na hora em que eu mais precisei.

– Posso ficar esperando por ela na sala? – perguntei.

Acho que a moça ficou com pena de mim, porque me deixou entrar.

Esperei uma hora.

Nada.

Duas horas.

Nada.

– Não era melhor voltar outro dia? – me perguntou a empregada.

– Não – respondi. – Diga pra Debie que vou ficar aqui, na casa dela, do lado de dentro ou do lado de fora, tanto faz. Eu não vou embora enquanto ela não falar comigo.

Pronto.

Eu tinha conseguido.

No lugar de fugir, eu tinha sido bravo feito o meu avô. Pelo menos um pouquinho daquela coragem dele eu trago no DNA.

Quando a Debie desceu a escada, o rosto bravo, a mão na cintura, eu gostei. Caramba, de braveza eu entendo à beça. Se ela estivesse chorando, eu já não ia saber muito bem o que fazer.

– Mano, eu quero que você saia daqui, agora.

– De jeito nenhum.

– Ou você sai da minha sala ou eu mando chamar a polícia.

– Primeiro você vai me contar tudo.

– Tudo o quê?

– Tudo do Sombra, da Patty Punk.

– Não vou, não. O que é que você tem a ver com a minha vida?

– Tudo do Jonas também...

Quando eu disse isso, ela pegou uma almofada e jogou no meu rosto.

– Debie, você está triste, essa ira é só fachada.

– *Eu te odeio, Mano, eu te odeio porque você não vai embora, porque você fica aí, parado desse jeito, olhando pra mim e perguntando coisas que eu não vou responder.*

– Então não precisa falar. Eu só quero ficar um pouco perto de você.

Sei lá por que, quando eu disse isso, a Debie largou a outra almofada, que ela já ia arremessar na minha cabeça, e caiu sentada no sofá. Depois, o corpo dela começou a tremer, e ela soluçou, soluçou muito, e eu, que nunca tinha consolado ninguém, abracei o corpo dela bem devagarinho, fui levando a Debie pro quarto dela e a coloquei debaixo da coberta. Ela virou o rosto para o travesseiro e eu passei as mãos nos cabelos dela, até que ela adormecesse. Depois, fiquei ali uns quarenta minutos, só ouvindo a respiração suave, esperando que ela abrisse os olhos, e dentro de mim foi brotando uma espécie de calor que se espalhava pela minha mão que tocava o cabelo dela, e eu me senti feliz. De um jeito estranho à beça. Novo e esquisito. Feliz porque eu sabia que tinha ajudado a Debie. Mesmo que fosse só um pouquinho.

Hora da verdade

A Debie só se abriu comigo duas semanas depois.

Então ela me contou tudo. De uma vez só. Bem rápido. E eu prestei muita atenção:

O Sombra, que se chama na verdade Roberto Araújo Júnior, é primo dela. Eles cresceram juntos, mas, ao contrário dos pais de Debie, que estavam sempre por perto, os pais do Sombra quase nunca viam o filho. Por isso, ele passava bastante tempo na casa da Debie. O Sombra e a Patty Punk se conheceram numa viagem à Europa, voltaram para o Brasil e começaram a ficar juntos.

Só que, depois do namoro com a Patty, o Sombra piorou demais.

Contei pra Debie que minha mãe já tinha me explicado que alguns casais se unem pro mal. Como se a sombra de um encaixasse na sombra do outro e, juntos, eles despertassem o pior lado de cada um.

Ela gostou da explicação. Achou verdadeira. Mas disse que gostava do Sombra e da Patty assim mesmo. E eu entendi. Quando a gente gosta, a gente gosta, assim como eu, Mano, gostava da Debie, mesmo depois de tanta confusão.

Nesse dia em que ela me contou tudo isso, fiquei muito feliz. Cheguei em casa, contei toda a história pra minha mãe e ela me disse assim:

— É, Mano, você está virando um homem. Um homem que me deixa orgulhosa, olha só que bom! Mas eu queria saber uma coisinha só.

— O quê, mãe?

— E essa história do Jonas? A Debie já te contou?

— Ih, é mesmo! Ainda não.

— Pois você precisa saber de tudo, Mano. Senão, ela vai quebrar de novo o vínculo.

— Como assim?

E minha mãe ia responder, mas a Natália entrou, o Pedro também, e o telefone tocou e a Shirley me chamou:

— Mano, é uma tal de Debie pra você.

Atendi.

— Oi, Mano, vai rolar uma festa, você quer vir?

Juro que arrepiei. Mas eu não ia dar bandeira do meu medo.

— Tô dentro.

34

No dia da festa, a Fátima, que era a melhor amiga do meu avô, veio fazer uma visita e me chamou pra conversar.

— Mano, seu avô deixou muitos artigos e crônicas. Quero reunir todos os textos e editá-los em forma de livro. Eu sei que esse era o grande desejo dele.

— Muito legal, Fátima. Se precisar de ajuda, conte comigo.

— Vou, sim, precisar de você e do Oscar, porque quero montar uma espécie de reportagem pra contar o período em que seu avô ficou preso: os anos de ditadura. E vocês serão meus colaboradores. Que tal?

— Tô dentro!

— Bem, mas eu preciso te dizer uma coisa especial.

— O que é?

— Quando eu estava organizando o material de seu avô, encontrei uma carta endereçada a você.

— Uma carta?

— É, do seu avô.

A Fátima me entregou a carta, e, quando eu vi o meu nome escrito com a letra do meu avô, meu olho ficou molhado e eu agarrei a carta e me tranquei no quarto, porque na frente da Fátima eu não ia chorar de jeito nenhum.

A hora da festa foi chegando e o meu medo aumentando.

Medo de abrir a carta, ficar de baixo-astral e não ter coragem de ir na festa. Eu já tinha tomado banho, vestido uma roupa, calçado um sapato, mas cada coisa que eu fazia demorava pra caramba. Só de pensar em pegar o ônibus, andar até a porta da casa da Debie, dar de cara com o Sombra, a Patty Punk, todos os amigos dela, o meu estômago embrulhava.

Mano@
Tô pulando fora, Oscar. Acho que não vai dar pra encarar a tal da festa.

Oscar@
Desencana, meu, vc vai sim. Afinal, você não é neto do seu avô, o famoso Hermano Santiago?

Mano@
Eu sou, mas o medo tá me dominando. Vai ver fiquei com trauma da outra festa.

Oscar@
Então me aguarde. Amigo é pra ficar junto numa hora dessas, é ou não é?

Mas, quando cheguei na porta da casa da Debie, cadê o Oscar?
Nada do meu amigo.
E o pessoal já tinha me visto.
O Sombra veio rindo abrir o portão e... para minha grande surpresa, foi muito legal comigo.
– E aí, Mano, tudo bem?
Depois, foi a vez da Patty Punk.
Ela estava bem bonita, de cara lavada, vestida de branco. Me deu um beijo e um abraço. Eu gostei. Sentei no sofá. Estava me sentindo melhor. Alguém me ofereceu um sanduíche e eu aceitei. A comida era boa. A Debie entrou, me deu um abraço carinhoso, sentou-se do meu lado e eu fui ficando feliz, tão feliz, até que alguém perguntou assim pra ela:
– E aí, Debie, já está se preparando pra morar na Inglaterra?
– A gente vai ter saudades de você! – disse outro alguém.
– Que pena que esta sua festa é a última, a despedida. Eu curtia vir aqui na sua casa!
O sanduíche subiu até a minha garganta.
Era por isso que o Sombra estava bonzinho comigo.
Safado.
Ele sabia que eu ia sofrer.
Ele sabia o quanto eu gostava da Debie.
Ele sabia que aquilo pra mim era a morte.
Olhei pra cara dele. Aquele sorrisinho cínico de satisfação maligna. Lógico que ele não ia ser meu amigo nunca: Sombra, o grande inimigo do meu irmão, apaixonado pela Anna, que nunca deu bola pra ele. Agora o Sombra podia descontar em mim, me ver sofrer, me ver pra baixo. Derrubei o refrigerante no sofá. A Debie pegou um lenço.
Levantei, limpei a roupa e fui direto pro portão. Sombra rindo às minhas costas, a Patty Punk vindo na minha direção, o Oscar dando de cara comigo.
– Meu, eu atrasei, mas pelo menos cheguei bem na hora de ir embora, é ou não é?

37

Já era mais de meia-noite quando consegui ter coragem de abrir a carta do meu avô:

Meu querido neto

Se você estiver lendo esta carta é porque eu já parti desta vida para uma melhor. Se é que existe uma vida melhor do que esta. Não tenho a menor ideia do que me espera no tal do além, mas, onde quer que eu esteja, saiba que meu carinho por você continuará forte como sempre.

Quando você nasceu, meu querido neto, eu pensava que minha vida tinha terminado. Sua avó tinha morrido precocemente, o grande amor deste meu coração tão duro. E eu não via mais sentido algum na vida de todos os dias. Eu só conseguia sentir muito vazio e muito frio.

Em termos de literatura, você sabe que sempre preferi os grandes filósofos, mas, naquela hora, por incrível que pareça, eu só conseguia ler os góticos, o Edgar Allan Poe, para ser mais exato. E concordava com ele quando pensava que a maior dor humana é a perda da mulher amada.

Seus pais se separaram logo após seu nascimento. Sua mãe precisava trabalhar e me encarregou de cuidar de você. Logo eu, tão desajeitado com crianças.

*Mas, com você, a cada dia que passava, eu fui aprendendo a olhar de novo para o mundo. Um dia, lendo sobre cultura árabe, descobri que os antigos sábios **sufis** diziam que a criança nasce com a lembrança da face de Deus estampada no rosto. Eu não sei se era Deus que marcava aquele seu rostinho, mas sei que a sua vida foi modificando a minha e eu renasci.*

Portanto, esta será a principal mensagem que deixo agora: aprenda a morrer, meu neto. Sem morte ninguém renasce. Essa gente que é feito banana encruada, como diz a Shirley, é porque não deixou apodrecer tudo aquilo que precisava acabar dentro de si.

Renascer não é fácil. Aprender tudo de novo, bancar o bobo muitas vezes, errar, errar, até conquistar um breve momento de felicidade.

***Albert Camus**, o existencialista, escreveu que a vida é como o mito de **Sísifo**, aquele homem condenado pelos deuses a carregar uma pedra imensa até o topo de uma montanha apenas para que essa mesma pedra lhe escape das mãos e despenque montanha abaixo.*

Então, uma coisa eu te digo: na vida, a pedra despenca mesmo. Não tem jeito de segurar a felicidade por muito tempo. Mas, quando a gente está lá embaixo, diante da pedra pesada e da montanha, sabendo que precisará subir tudo aquilo de novo, não é a força, nem a coragem, nem a teimosia que nos move. Só a lembrança daquele momento de realização, felicidade e liberdade de quem está no alto da montanha, senhor da pedra, senhor de seu destino, capaz de avistar todas as paisagens, os horizontes, o mar e o céu. É a memória da felicidade que nos faz buscar mais felicidade. Pense nisso com atenção, meu neto.

Hermano Santiago

Oscar@
  Ei, Mano, e aí, falou de novo com a Debie?

Mano@
  Fiquei sem vontade.

Oscar@
  E vocês nunca mais vão se ver?

Mano@
  Sei lá.

Oscar@
  Cara, eu, se fosse você, ia até o aeroporto, pelo menos pra tentar me despedir. Ela foi tão legal quando você precisou.

Mano@
  Eu nem sei quando ela vai embora.

Oscar@
  Eu sei.

Mano@
  Como assim?

Oscar@
  Quer dizer, eu ouvi dizer que o Sombra e a Patty Punk embarcam quarta-feira pra Londres no voo das 15h30. Ela deve ir junto com eles.

Mano@
  Legal, cara, deixe comigo.

Pela última vez

Na quarta-feira, preparei um papel com o meu e-mail e corri para o aeroporto. Eu queria pelo menos trocar ideia com a Debie pela internet, eu queria dar um beijo nela, eu queria ver aquele rosto, nem que fosse pela última vez.

Mas, quando cheguei no aeroporto, não tinha ninguém. Nada. Será que o Oscar tinha errado?

Corri até o *check-in*.

Eles me disseram que o avião já tinha decolado. Tarde demais...

Na frente do túmulo do meu avô de novo. Pra variar. Meu, eu estava virando um gótico total. De repente, uma ideia louca. Acender uma vela para o tal do Jonas. Quem sabe assim uma luz me iluminava?

Saí pra comprar uma vela.

Voltei pela mesma rua.

O Jonas ficava pertinho do meu avô.

Apressei o passo, já estava anoitecendo.

Tirei a vela do bolso, a caixa de fósforos e… avistei a Debie, de pé, de costas, no mesmo lugar onde a gente tinha se encontrado pela primeira vez.

— Você *não foi embora?*

— Não, Mano, eu não sou nenhum fantasma. Tá certo que a gente entrou numa viagem que parece romance gótico, mas também não exagera. Sou eu mesma, aqui, de carne e osso.

Caixa de Pandora

Agora, Debie e eu já estamos juntos há dois meses.

Desta vez eu consegui ouvir tudo o que ela precisava me contar: que o Jonas era três anos mais velho e tinha sido amigo dela desde menininha. Quando ele tirou carta de motociclista, os dois começaram a namorar e jantaram juntos para comemorar. Depois, ele quis ficar com ela, mas a Debie era muito nova, tinha só 15 anos, pediu para que ele esperasse mais um pouco. O Jonas ficou irado. Deixou a Debie em casa, saiu a toda velocidade com a moto e foi parar debaixo de um caminhão. Morte instantânea.

A Debie chorou muito quando me contou isso. Ela se sentia muito culpada por tudo. Por que as pessoas se sentem desse jeito? Tanta coisa acontece. Se tudo fosse culpa da gente, né?

Quando ela chorou, eu chorei também. Sem sentir vergonha. Ela me abraçou, e a gente ficou, e foi muito diferente e feliz. Não aquela felicidade de alegria, mas uma outra felicidade que eu não sei explicar direito.

Outro dia a gente estava conversando:

– Debie – eu perguntei –, *você acha que seu primo Sombra tem jeito na vida?*

– Enquanto a gente vive, sempre dá pra mudar, né?
– A Shirley sempre diz que pau que nasce torto...
– Bem, todo mundo tem sua caixa de **Pandora** secreta.
– Como assim?
– Lembra do mito?
– Mais ou menos.
– Pandora foi encarregada pelos deuses de cuidar de uma caixa. Porém, estava proibida de abri-la.
– E daí?
– E daí que ela morria de curiosidade. Não aguentou e abriu.
– Então?
– De dentro da caixa saíram todas as grandes misérias humanas: a fome, a pobreza, a desonestidade, a doença, a traição. Quando percebeu o que tinha feito, Pandora ficou desesperada.
– E o mundo ficou do jeito que a gente conhece?
– Mais ou menos.
– Por quê?
– Porque a única coisa que ficou na caixa, depois de todos os demônios terem saído, foi a fada da esperança.
– A última que morre, né?... Debie, se meu avô tivesse te conhecido, ele teria gostado muito de você.
– E eu dele, tenha certeza, seu Hermano Santiago Neto...
A gente se abraçou, ela aninhou a cabeça no meu peito e adormeceu, e eu fiquei quieto, olhando pro teto, e me sentindo feliz.

Que las hay...

Mas quem gostou de cara da Debie foi a Anna, a namorada do meu irmão. Depois a minha mãe, e a Shirley, que me chamou de lado e disse assim:
— *O que é do homem o bicho não come! Eu sabia que você ia encontrar alguém legal.*
Todas elas se conheceram na festa de lançamento do livro do meu avô, que a Fátima organizou. Foi um grande sucesso! Veio toda a imprensa, e até o pessoal da TV resolveu fazer uma homenagem com um programa especial sobre o Hermano Santiago.
E, quando a livraria lotou, a fila para comprar o livro ficou enorme e eu fui vendo todas as pessoas que gostavam tanto do meu avô, senti uma emoção tão misturada: era saudade, respeito, tristeza e, ao mesmo tempo, muita alegria.
Os amigos mais próximos folheavam pedaços do livro e liam frases em voz alta, as frases que meu avô vivia repetindo, e eu me lembrei da promessa de Houdini, a de que, se houvesse um além, ele voltaria para me ver.
Mas, não, meu avô não tinha voltado do além pra dizer que estava ao meu lado. E nem precisava, porque eu sabia que sempre o teria dentro de mim. Não estou falando do DNA, mas da convivência, de tudo o que ele me ensinou, da coragem, do humor, da lucidez. Se as pessoas curtiam tanto aquele único livro, eu, então, tinha livros e livros escritos por ele dentro da minha memória. Além de todos os meus próprios diários, que eu sempre gostei de escrever, por incentivo dele.
De repente, compreendi tudo de uma vez só.
Esta seria a minha futura profissão: a de escritor.
Não sei se nasci para ser um jornalista tão corajoso e talentoso quanto ele, mas, de repente, senti vontade de escrever um pouco para o pessoal da minha idade, do jeito que eles são. E era justamente nisso que eu pensava quando o Oscar me cutucou:
— *Mano, já dei um prejuízo daqueles aí pro bufê.*
— *Como é?*
— *Comi pra caramba, meu, tá bom demais!*
— *Se você está achando, bom, deve ter arrasado mesmo.*
— *É, mas não vai me colocar no seu blog e sair falando essas minhas coisas, tipo preferências culinárias, hein?*
— *Por quê? Qual é o problema?*
— *Tem gente que guarda as coisas que você tem escrito, cara. Outro dia, um garoto de 12 anos me mandou um e-mail dizendo que é seu fã.*

— Como assim?
— Ele acompanha o blog, quer te copiar, já pensou? Daqui a pouco você vai ficar famoso que nem seu avô.

Eu comecei a dar muita risada, o Oscar virou pra agarrar uns cinco canapés na bandeja de uma vez, o garçom tropeçou no pé do Oscar, derrubou a bandeja, a bebida bateu na vitrine da livraria, todo mundo gritou, minha mãe se abaixou pra ajudar o garçom, a Debie também, e quando olhei rapidinho pra vitrine, só pra ver se tinha sujado muito, no reflexo do vidro, bem rapidinho eu vi, ou tive a impressão de que vi, ou pirei mesmo, mas lá estava ele, numa fração de segundo, tipo efeito especial: o meu avô! Seu Hermano Santiago às gargalhadas, segurando os grilhões do Houdini na mão, tipo um troféu maluco. Balancei a cabeça, achando que tinha ficado biruta, e foi quando minha tia-avó espanhola, a tia Carmita, a rezadeira mais braba da família, me deu um cutucãozinho e cochichou assim:

— Yo no creo en brujas, Manito, pero que las hay, las hay...

Referências

Personagens e personalidades

Joan Miró (1893-1983) (p. 6)
Artista plástico nascido em Barcelona, Espanha. Sua pintura alegre e bem-humorada tem um estilo inconfundível, com figuras e símbolos que se repetem em vários quadros. Miró abandonou a maneira realista de pintar e explorou um mundo fantástico, afirmando que a arte é comandada pela imaginação.

Tarsila do Amaral (1886-1973) (p. 6)
Pintora brasileira, nasceu em Capivari, interior de São Paulo. Participou da Semana de Arte Moderna de 1922, juntamente com Mário de Andrade, Oswald de Andrade, Menotti del Picchia, Villa-Lobos e Anita Malfatti. Depois da Semana de 22, o Brasil nunca mais foi o mesmo. Tarsila retratou um momento de afirmação da cultura brasileira, em cores vivas; mostrou a paisagem por meio de pinceladas vigorosas e definidas. Incorporou na arte a cultura do povo, a alegria natural.

Salvador Dalí (1904-1989) (p. 6)
O pintor espanhol Salvador Dalí foi um autêntico *showman*. Usava longos bigodes espetados nas pontas e gostava de fazer publicidade de si mesmo. Dalí ficou muito conhecido por suas extravagâncias, que lhe renderam várias críticas e muito dinheiro. Imagens fantásticas e alucinadas, como os relógios curvados e derramados como se estivessem sendo derretidos pelo sol, são marcantes em sua obra.

Ernest Hemingway (1899-1961) (p. 6)
Nascido em Oak Park, Illinois, nos Estados Unidos, aos 18 anos começou a trabalhar como repórter e adquiriu o estilo de escrita que mais tarde influenciaria sua ficção. A obra de Hemingway é, em parte, autobiográfica. Combateu na Primeira Guerra Mundial e foi ativista na Guerra Civil Espanhola. Manteve contato com as principais vanguardas artísticas europeias, sobretudo na década de 1920. Escreveu, entre outros, *Adeus às armas*, *Do outro lado do rio*, *Por quem os sinos dobram*, *O velho e o mar*, *Jardim do Éden* e *Paris é uma festa*. Recebeu o Prêmio Pulitzer em 1950 e, em 1954, o Prêmio Nobel de Literatura.

Mahatma Gandhi (1869-1948) (p. 7)
Nascido na Índia, foi líder político e espiritual. Desenvolveu a filosofia da *satyagraha* ("verdade-força"), que significa resistência não violenta ou passiva. Dono de um estilo ponderado, buscava o entendimento, o diálogo e a cooperação para a resolução de conflitos. A resistência passiva seria a maneira de enfrentar os adversários sem violência ou ódio.

Houdini (1874-1926) (p. 7)
Seu nome verdadeiro era Ehrich Weiss. Nascido em Budapeste, na Hungria, é considerado o mais famoso mágico da história. Sua habilidade em escapar de situações de extremo risco e de fazer o impossível o tornou uma lenda em sua época. Foi o primeiro a executar truques clássicos, como livrar-se de uma camisa de força ou fugir de uma caixa submersa lacrada. Nenhum outro mágico trabalhou tanto para promover o ilusionismo em todo o mundo.

Arthur Conan Doyle (1859-1930) / Sherlock Holmes (p. 7)
Escritor escocês, nascido em Edimburgo. Foi o criador de Sherlock Holmes, o detetive mais célebre da literatura mundial. Seu primeiro livro, *Um estudo em vermelho*, publicado em 1887, introduz o meticuloso, observador e eficiente detetive e seu companheiro, dr. Watson, bem como um aparato de investigações. As tramas se desenvolviam a partir do escritório situado na Baker Street, endereço fictício de Holmes. Cansado da própria criação, Doyle tentou matar o personagem, mas foi obrigado a revivê-lo em 1903.

Ozzy Osbourne (p. 10)
John Michael Osbourne nasceu em Birminghan, Inglaterra, em 1948. Aos 20 anos montou sua primeira banda, a Polka Tulk, que mais tarde ganhou o nome de Earth. Em 1969, após descobrirem a existência de uma banda homônima, decidiram adotar outro nome: Black Sabbath, nome que surgiu a partir do título de uma história do escritor Dennis Wheatley. Após nove anos na estrada, Ozzy deixou a banda e decidiu seguir carreira solo, formando o Blizzard of Ozz.

Albert Camus (1913-1960) (p. 38) / O estrangeiro (p. 10)
Escritor francês, nascido em Manclovi, na Argélia, deixou profundas marcas na história do pensamento humano. Em 1942, consagra-se com o romance *O estrangeiro*, em que Mersault, o protagonista, procura a razão da sua existência e não a encontra, convertendo-se num estranho, um estrangeiro para si mesmo. Sem nenhum motivo ou explicação, Mersault mata um homem ("porque fazia calor") e, passivamente, aceita ser condenado à morte.

Edgar Allan Poe (1809-1849) (p. 11) / O corvo (p. 17)
Escritor norte-americano, nascido em Boston, foi autor de contos macabros e misteriosos, como a novela policial *O assassinato na Rua Morgue*, escrita em 1841. Escreveu, em 1845, "The raven", um dos poemas mais traduzidos do mundo, inclusive por Fernando Pessoa, sob o título "O corvo". Apesar da popularidade alcançada por Poe com este poema, a aura de escândalo (principalmente em função de sua dependência alcoólica) impediu que seu prestígio se consolidasse. Morreu esquecido e incompreendido por seus compatriotas. Foram os simbolistas franceses, em particular Charles Baudelaire, que lhe reconheceram como gênio.

Fernando Pessoa (1888-1935) (p. 11)

Nascido em Lisboa, é considerado o mais importante poeta da língua portuguesa do século XX. É visto como um antirromântico por opor-se à tradição lírica e sentimental da poesia portuguesa. Em 1915, fundou, juntamente com amigos, a revista *Orpheu*, marco inicial do modernismo português. Em 1934, tomando dinheiro emprestado, publicou o livro *Mensagem*, com o qual participou do prêmio Antero de Quental. A obra ficou em segundo lugar na categoria Poesia. No dia 30 de novembro de 1935, morreu de cirrose hepática, sem nunca ter recebido o merecido reconhecimento.

William Shakespeare (1564-1616) (p. 13)

O mais célebre dramaturgo e poeta inglês. Suas obras foram traduzidas e apresentadas em todas as partes do mundo, e muitas delas foram adaptadas para os mais diversos meios. Escreveu comédias, tragédias e peças sobre a história da Inglaterra. O sucesso de Shakespeare deve-se a seus notáveis e complexos personagens e ao dinamismo de seus enredos. As cenas, ágeis e curtas, prendem a atenção do espectador, e os versos, poéticos e sutis, emocionam plateias de todos os lugares há séculos.

Bandas

Martin Circus (p. 17)

O grupo de rock francês Martin Circus não foi simplesmente a resposta à invasão mundial do rock psicodélico dos Estados Unidos e da Inglaterra (Grateful Dead, Jimi Hendrix, Pink Floyd...). Formada em 1969, os integrantes da banda adicionaram elementos de poesia e jazz a suas letras e músicas, e revolucionaram ao se apresentar fantasiados das mais diversas maneiras. "Je m'éclate au Sénégal" (Eu vou explodir no Senegal) foi seu primeiro sucesso nas rádios. Em 1972, lançaram o antológico disco duplo *Acte II*, no qual o Martin Circus exerça sua crítica social de forma criativa (influenciado pelo movimento de Maio de 68).

The Strokes (p. 27)

Em 1999, alguns dos integrantes desta banda ainda não tinham entrado na casa dos 20 anos. Muito jovens e cheios de energia, cinco meninos de Manhattan começaram tocando em festas de Nova York e não demoraram a fazer fama pela cidade. Em 2001 veio a consagração mundial. Os Strokes fazem um som muitas vezes leve, porém poderoso. *Is This It?* foi considerado um dos melhores álbuns lançados em 2001, com letras que falam de paixões, da pseudorrebeldia da classe média, muita poesia urbana, garotas, incompreensão etc.

Religião

Sufis (p. 38)

Sufis ou sufistas são religiosos que buscam uma experiência direta e íntima com Deus. Eles buscam o esquecimento absoluto de si próprios e das coisas do mundo, na comunhão perfeita com Alá. Para alcançar esse estado, os sufis usam vários recursos, inclusive muita música e dança. São conhecidos como os Buscadores da Verdade, considerando-se esta verdade como o conhecimento da realidade objetiva. A sua mística tem as raízes entre os povos nômades da estepe, que lhes deram origem.

Mitos

Sísifo (p. 38)

Mítico fundador da cidade de Corinto. De maneira semelhante a Prometeu, Sísifo encarnava na mitologia grega a astúcia e a rebeldia do homem diante dos desígnios divinos. Sua audácia, no entanto, motivou o castigo final de Zeus, que o condenou a empurrar eternamente, ladeira acima, uma pedra que rolava de novo ao atingir o topo de uma colina, conforme é narrado na Odisseia. A lenda mais conhecida sobre Sísifo conta que ele aprisionou Tânato, a morte, quando esta veio buscá-lo, e assim impediu, por algum tempo, que os homens morressem.

Pandora (p. 43)

Mito de origem grega. Quando o titã Prometeu ensinou aos homens o poder do fogo, Zeus decidiu castigá-lo enviando aos humanos a primeira mulher: Pandora. Entidade cheia de dádivas, ela carregava consigo uma caixa que não deveria abrir, na qual continham todas as desgraças da humanidade. Ao chegar à Terra, Pandora não resistiu à curiosidade e abriu a caixa, infestando o mundo com todos os males. Porém, conseguiu fechá-la antes que pudesse sair o único dom contido na caixa, a esperança.